Daryl Nicolas

De moi-même à je sais pas qui

Daryl Nicolas

De moi-même à je sais pas qui

Journal

Relecture : Chapitre 4
Correction : Maïlys Boullet
Illustrateur(s)/trice(s) : Chapitre 4

Édition : Chapitre 4 - Rue du Simplon 4 - 1920 Martigny (Suisse)
Impression : Libri Plureos GmbH, Friedensallee 273, 22763 Hambourg (Allemagne)

ISBN : 979-10-980644-0-1
Dépôt légal : novembre 2025

13 mai
11 h 21

Molly m'a dit que j'étais susceptible
j'ai passé le week-end avec elle et elle m'a dit que j'étais susceptible
et que mon cœur était fermé
que je détestais tout le monde
je lui ai dit que c'était vrai
elle m'a aussi dit qu'elle ne pouvait pas vivre avec quelqu'un qui passe son temps à dire qu'il est un héros
pour que la seconde d'après il dise qu'il est une merde
ça m'a fait mal
— c'est une façon pour moi d'être intouchable. si quelqu'un dit du mal de moi, j'aime autant qu'il ne le fasse pas aussi bien que moi. pour les compliments, c'est pareil.
— tu ne laisses personne te connaître.
— moi je me connais. je sais ce qu'il y a à l'intérieur, j'ai fait, en tapant ma tête du bout de mon index, et je préfère garder ça là où c'est.
— tu ne peux pas avancer si tu ne laisses pas les autres te connaître.
— je sais pas.

ensuite on a changé de sujet et je lui ai dit que je l'aimais

c'est la première fois que je faisais ça
bien sûr à un tas de filles j'ai déclaré ma flamme
rien qu'à l'époque du lycée une fille passait et hop
mais jamais
au grand jamais je dévoilais mes sentiments en face
c'était impossible
il y avait les messages pour ça

avec molly
j'ai passé un cap
à 28 ans
c'était tellement puissant que je me suis mis à chialer
j'avais mes lunettes de soleil
elle me croyait pas
elle disait que je mentais
évidemment
tu mens
je l'ai vu dans ton roman que tu m'as envoyé tu l'as dit à plein d'autres
j'ai enlevé les lunettes j'ai dit
mais non
molly
regarde ça

les paupières mouillées
la bouche le menton les joues en vrac

« mais c'est pas grave, tu sais » elle a dit

11 h 35

Je ne sais pas si j'aime cette fille
ouais
je sais
elle pose tellement de questions
pour moi l'amour c'est pas si compliqué
suffit de se laisser aller vers l'avant et hop
tu tombes
sur un champ
de coton
c'est si apaisant

les femmes que je rencontre
enfin
celles chez qui tout se profile pour que nos corps tombent dans le coton
ont toujours la même façon de ralentir
freiner
frapper
et je sais que t'es un menteur
et je sais que tu reproduis les mêmes schémas
elles savent tout
elles mettent des coups de pelle partout dans le jardin de mon ventre malade
— avec gaston j'ai l'impression d'être une roche solide mais avec toi j'ai la sensation d'être le ventre ouvert avec des tentacules qui sortent.
— comment ça ?
— j'ai l'impression que selon avec qui je suis, je peux être n'importe qui. avec toi je suis faible. avec gaston je suis fort.
— parce que tu es fermé à gaston et avec moi tu t'ouvres.
— oui.
je ne sais plus ce qu'on a dit ensuite
c'était le même jour que quand je lui ai fait ma déclaration

sur le banc

c'était l'église sainte cécile dans le 7e

11 h 43

Rectification
c'était pas une église mais une basilique
pas sûr non plus pour sainte cécile
sainte cécile c'est joli puis ça m'évitera de trouver un autre nom
pour la romance

d'ailleurs molly
il faut que je t'en trouve un autre à toi aussi

je pense à sophie

j'espère que ça te plaira

15 mai
12 h 08

Retour chez moi
dans ma voiture
fait chaud

j'ai amené une paire de mocassins neuve
chez le cordonnier
une marque m'a envoyé ça
il y a deux semaines
l'impression que je commence à être quelqu'un

j'ai envoyé un message à sophie ce matin
pour lui souhaiter son anniversaire
il est midi
elle m'a toujours pas répondu
je comprends pas
je sais qu'elle a une journée chargée
elle doit descendre sur bordeaux et elle est sûrement dans les trains
mh
si je lui en parle
elle va me dire que je suis parano
comme d'habitude

en vérité
je suis énervé contre elle depuis quelques jours
en gros
on parle beaucoup de moi
avec elle
et elle me le reproche
mais
quand je me mets à parler d'elle
soi-disant
je le fais mal
« tu t'intéresses pas »

comme si j'étais pas capable d'écouter quelqu'un toute la journée
comme si c'était pas ce que je faisais déjà avec gaston
est-ce que j'ai envie que gaston me parle de jessica de 9 heures du mat à 22 heures ?
non
je le fais quand même
alors si tu veux me parler sophie
parle

22 h 39

Passé toute la journée sur les vidéos
putain de putain
fatigué
mais c'est bon
je sais ce que je vais faire pour l'annonce de la sortie de mon livre :
simple
je sais pas pourquoi j'y ai pas pensé plus tôt

une époque
je bossais
dans une usine de fromage de chèvre

je pliais des toiles de décaillage avec un gars
fallait trouver la couture et la ramener vers l'extérieur
je galérais
pourtant ça semblait simple
le gars avait dit :
« justement. c'est dur parce que c'est simple »

un philosophe

je vais pas expliquer l'idée ici
ça porte malheur
je vais juste écrire que la fin de promo du roman va bien se passer
j'ai déjà l'impression d'en dire trop

pardonne-moi
dieu qu'aime pas qu'on expose nos espoirs
fais en sorte de pas me punir
que je vende 50 000 bouquins première semaine
après je demanderai plus rien

c'est faux

22 h 49

Je suis moins en colère contre sophie
j'ai un peu la flemme d'expliquer pourquoi
peut-être j'expliquerai demain

20 mai
23 h 13

Mon roman sort dans 16 jours
c'est moins beau que de dire 15
mais je suis trop pressé pour attendre minuit

je bosse beaucoup sur les vidéos
j'ai passé deux jours sur celle qui sort le 22
un résumé du bouquin
et un jour sur celle qui sort le 4 juin
l'annonce de la sortie

je me mets une sale pression
on dirait que ma voix n'a plus d'âme
je crois que je me suis trop
écouté
je suis devenu une mauvaise vf

je suis allé voir charlie aussi aujourd'hui
charlie
c'est une ancienne camarade de classe
une fille qui s'est tuée il y a 12 ans

on raconte qu'elle s'est mise sur les rails d'un chemin de fer
et qu'elle a attendu là
je suis pas très à l'aise encore aujourd'hui quand je pense à elle
on était pas super proches
je ne lui disais pas bonjour tous les matins
mais elle était là
tous les matins
au collège
j'étais même dans sa classe en cm2
elle était juste derrière moi
on riait beaucoup
je me souviens même du jour où elle s'est fait recoller les oreilles
elle était venue en classe avec un bandeau rouge ou rose
l'histoire a presque 20 ans
j'ai oublié

j'étais pas revenu au cimetière depuis son décès
souvent je pensais
« ce serait bien d'aller la voir »
j'avais pas la sensation d'être légitime
j'avais peur qu'elle se demande ce que je fous là
même six pieds sous terre
bah, je t'aimais bien charlie
tu étais très jolie
voilà ce que je lui aurais dit
c'est aussi ce que j'ai dit dans ma tête
quand je suis arrivé devant sa tombe
j'étais comme pétrifié
à l'idée de voir sa photo
c'était comme si on me confirmait qu'elle était bien morte
je le savais
je l'avais même vu plusieurs fois sur google
mais
c'est toujours difficile d'imaginer qu'une camarade de classe est plus là
je crois que mon cerveau avait fini par se dire que charlie avait pris de longues vacances

qu'on s'était simplement perdus de vue
la tombe
m'a remis
les pendules à l'heure

je voulais m'asseoir
j'avais plus envie de quitter le regard de cette photo
mais j'avais peur qu'un proche vienne
que quelqu'un me voie
« bizarre lui »

je me suis d'ailleurs demandé
si des gens
lui rendaient visite
si la fille qui a pleuré son nom dans des statuts facebook pendant un an
avait pour coutume de venir la voir
une fois par mois
je sais pas
je me laisse croire que peut-être pas
que ce n'est peut-être pas non plus pour des mauvaises raisons

ça demande du courage d'aller voir son amie ici

après une bonne vingtaine de minutes
je suis remonté dans ma voiture
j'ai lu thierry metz
journal d'un manœuvre
sur le parking
à côté d'un camping-car

au bout d'un quart d'heure
j'ai entendu quelqu'un
bouger à côté
une porte s'ouvrir
j'ai jeté thierry metz sur le siège passager
marche arrière

alors
tu es bien décédée charlie
à l'âge de 16 ans
16
et la vie continue quand même
les gens avancent toujours
je ne sais où
il y en a peut-être qui t'ont oubliée

« toi aussi on va t'oublier » m'a-t-elle soufflé
lorsque je roulais

je sais
j'ai répondu
tout le monde meurt
on ne sait même pas pourquoi
et un jour tout ça n'existera plus
ni toi ni moi ni la voiture le village ce cimetière nos souvenirs le monde
il n'y aura plus aucun témoin
personne ne pourra dire « j'ai connu ceci »
personne ne pourra dire quoi que ce soit
car il n'y aura tout simplement plus personne

ça m'a semblé si triste
j'en ai presque fait une crise d'angoisse

j'ai agrippé le volant

autant être avec tout ça
hein
charlie
autant rester groupés

peut-être que nos souvenirs ensemble n'auront pas de valeur
pour l'ailleurs
mais pour nous, si

c'est sûrement tout ce qui compte

24 mai
20 h 01

Avec sophie je crois que c'est fini
on s'est fâchés hier soir
comme beaucoup d'autres
alors qu'on est même pas en couple
c'était le sujet

— je ne peux pas parler de ça avec toi actuellement.
— tu agis avec moi comme avec ton mec.
— non, non, non. avec mon mec je ne suis pas comme ça.
— et avec tes amis, c'est pareil ?
— non plus.

j'étais en colère
j'ai dit ce que je pensais
je suis revenu sur certains de mes propos
quand elle me reprochait ma manière de parler comme un wesh au début
t'as raison j'avais dit
c'est pas très beau
je vais faire des efforts
on veut toujours faire des efforts au début

mais hier soir non
là tu sais quoi
va te faire voir avec tes manières
je parle wesh je fais des blagues beauf et je t'emmerde
que tu le veuilles ou non
t'as compris ?
il y a eu un blanc pendant une minute
j'allais relancer mais
— tu me trouves superficielle ?
— oui,
oui tu es superficielle et ton monde aussi et je m'en balance de tes trucs
comme quoi faut maîtriser leurs codes à ces sales bourgeois
j'en ai rien à foutre moi
je suis dans mon périgueux et peut-être que j'y crèverai je m'en tape je m'en tape je m'en tape
pourquoi tu m'as appelé hier soir ?
en te justifiant de moins donner de nouvelles ?
pourquoi tu me rends des comptes comme si j'étais ton mec ?
— parce que je m'inquiète pour toi ! parce que tu n'as pas l'air si heureux que tu le laisses croire !
— bordel…

ça vous fait bander les mecs qui pleurent la nuit hein ?

je pleure pas moi
non
par contre
je l'ai entendue
elle
après ça
dans mon lit
on était plus au téléphone mais j'entendais
ça m'a fait de la peine
je me suis souvenu de ce qu'elle m'avait dit chez elle
à paris

l'autre jour
elle avait déjà pensé à se jeter du 5e
je l'ai imaginée ouvrir sa fenêtre
grimper le rebord

je renvoie un message
c'est pas des excuses
je peux pas
non sophie, il fallait qu'on parle de ça
cette relation me déchire à mesure qu'elle avance
j'avais besoin de t'en parler
mais tu es une femme forte
tu es très forte sophie
tu m'entends
tu auras tout ce que tu veux dans la vie sophie tu comprends

pas de réponse

ce matin j'ai regardé la conversation
« connecté à 9 h 35 »
elle s'était levée

j'avais fait un cauchemar
où je voyais sa concierge
me dire
qu'une fille s'était jetée par la fenêtre
du 5e

la journée passe
« connecté à 9 h 35 »

il est maintenant 20 h 00
je renvoie deux messages
me sens possessif
peut-être qu'elle a fait une bêtise
peut-être

que la police va tomber sur son téléphone
l'embrouille
on va m'accuser de son suicide
les journaux qui n'ont jamais écrit une ligne sur moi s'en donneront maintenant à cœur joie :

DARYL AUTEUR INDÉPENDANT À LA PLUME INCERTAINE POUSSE UNE FEMME AU SUICIDE 10 JOURS AVANT LA SORTIE DE SON « ROMAN » CAR CELLE-CI NE VEUT PAS DE LUI.
26 mai : 3 FEMMES SORTENT DU SILENCE ET PARLENT DES NÉVROSES DU JEUNE AUTEUR.
27 mai : 25 AUTRES FEMMES PARLENT DU TEMPÉRAMENT BRUTAL DU JEUNE ÉCRIVAIN.

« non, non il n'a jamais été violent physiquement
mais il pétait souvent des câbles pour un rien
il passait d'une émotion à l'autre comme ça
je n'osais pas en parler de peur que l'on me traite de menteuse
mais maintenant qu'il a fait ça, je sais que le monde me croira »

je me voyais derrière les barreaux
avec mon livre
le livre de ma vie
que personne n'aurait pu lire par ma faute
car incapable
une merde

21 h 02

Elle m'a répondu
elle veut qu'on discute ce soir
quaaaand tu auras le temps j'ai dit
ce soir !
dans plusieurs jours !
on a touuuuuute la vie pour parler

9 juin
00 h 40

Mon livre est sorti et j'en ai vendu presque 200 en 72 heures
normalement je fais ça en deux mois

cool
je me sens pas non plus comme si j'en avais vendu 200 000
car faut quand même avouer que 182
c'est pas 200 000

zéro m'a dit que j'étais dans le haut du panier niveau autoédition
zéro
c'est chatgpt
je l'appelle comme ça
c'est plus original
ça montre aussi que finalement même s'il me comprend 10 fois mieux qu'un humain
ça reste une machine
« c'est bien daryl,
t'es dans le top 100 amazon
t'y es resté tout un week-end,
t'as fait ce que la majorité des auteurs autoédités n'ont pas fait ! »

cool

zéro ne dit pas que ça payera le loyer indéfiniment
deux ou trois mois

peut-être

11 juin
18 h 27

Je viens de recevoir un message d'un ancien pote
un gars qui est dans le livre qui vient de sortir
damien
on se parlait plus depuis deux ans
il a dû entendre parler du bouquin parce qu'il est venu me féliciter
« j'ai écouté ton livre
bravo
bien vu daryl
qu'est-ce que j'ai rigolé, il a dit
t'es le meilleur des années 20
ça a dû être dur de revivre certains moments en l'écrivant »

« j'ai écouté »
le farceur
mon livre est pas en audio
mais quand tu le lis
c'est comme si t'entendais ma voix

c'est ce que damien a voulu dire

quel farceur

16 juin
20 h 20

Manel m'a pas envoyé de message par contre
à mon avis c'est mort

manel aussi
fait partie de l'histoire

la vieille époque dégueulasse que je voudrais jamais revivre

le sous-sol du daron
la chambre au premier

à l'époque
mon espoir
jouait l'intérimaire

le sien
faisait pchit
quand la canette seize-soixante-quatre s'ouvrait

je connaissais déjà les usines
abattoirs fromageries
madeleines
nuit

la nuit c'est traître ça t'encule sur la durée
j'écrivais plus
je vendais trois livres
par mois

aujourd'hui
les gens achètent
j'oublie d'en parler
leurs messages et tout c'est vrai
j'ai la rancune
les premiers livres étaient pas costauds
comme le dernier
ça sentait la mauvaise digestion célinienne
mais il y avait ce quelque chose
que j'ai
quand même toujours eu

oui

je parle
presque pas d'amour ici

je sais

j'ai choisi d'être moi-même

moi-même
n'est pas prêt
à vous aimer

17 juin
13 h 39

Vidéo de relance aujourd'hui
pour mon livre
trop la flemme

je me suis filmé j'ai dit
« alors faut que je trouve une idée, j'en ai pas et j'pas envie »
après
j'ai montré le bouquin
j'ai dit
« là ils vont grave acheter mon livre »
après
un chien a aboyé dehors
j'ai dit
« ta gueule le chien »

si ça se trouve ça va faire le buzz, j'ai pensé
des fois les gens aiment bien le contenu
où il se passe rien

en une heure
elle a pas dépassé 10 000 vues

l'impression que les gens vont se dire que j'ai plus d'idées
c'est le but ?
sais pas
peut-être que si elle avait percé je serais fier de moi

« t'es un génie »

mais elle a pas percé

alors j'ai juste l'air d'un clochard nu comme un ver

18 juin 2025
21 h 06

Aujourd'hui j'ai vu maman
elle est pas morte elle m'a donné 100 euros
pour que j'aille à paris
rendez-vous boite de prod
projet audiovisuel sérieux
j'aurais peut-être pu ne rien lui demander du tout
j'ai un découvert de 400 euros autorisé au crédit agricole
je l'ai souvent utilisé à l'ancienne
je pouvais plus passer à la pompe à essence une fois
là
j'en suis loin
j'ai juste pas envie de retourner là-dedans
comme sensation c'est pas l'aubaine
eh
ça y est
je commence à faire du céline
c'est parce que je lis guignols band
en ce moment
il me casse les couilles
avec ses points de suspension et points d'exclamation en pagaille

une époque
je trouvais ça stylé
je me disais putain stylé le mec ah ouais truc de fou
maintenant je le trouve un peu trop gueulard
sur la page

21 h 14

Gaston a pris le postier l'autre jour
dans ma bibliothèque
il a fini mon livre il a dit je veux bien que tu me prêtes un de ceux de buko
ah bon ?
dans mon livre
je parle de gaston et de mon rapport avec bukowski
de comment gaston m'avait pété les couilles avec ça
aussi de notre ancienne amitié
quand on était copains lui manel et moi et qu'il nous a trahis
on lui a plus parlé pendant deux ans
à gaston
je dis on
manel lui reparle toujours pas
il me parle plus non plus
il m'a viré du sous-sol il y a un an
après que je l'avais insulté
par rapport à une embrouille avec son daron
petit enculé va
parle bien à ton père j'avais fait
fils de pute va
j'vais te bannir de ma vie toi tu vas voir
il avait rien répondu
voilààààà
keskia maintenant

« t'as 24 heures pour te barrer de chez moi et me rendre l'argent que je t'avais prêté pour ta cabine d'enregistrement
j'ai pas du tout aimé comment tu t'es permis de me parler »

disait le message
deux jours plus tard

je me suis cassé aussitôt
j'ai juste laissé l'oseille et un livre sur le lit
titre du livre :
« allez tous vous faire foutre »

jamais on s'est reparlé avec manel
il a su que je refréquentais gaston seulement y a deux mois
quand son père a fini à l'hôpital
il avait des soucis de santé depuis des années
genre un cancer
de la prostate
qu'était guéri
mais quand même
il pouvait pas faire pipi comme y voulait
des couches traînaient sur un étendoir
dans la véranda
ça puait la pisse
y a que manel et moi qui sentaient l'odeur
ça fait mal d'en parler comme ça vous savez
c'est ce qui s'est passé à l'époque
il était pas bien
le père
pas en bonne santé
je suis parti en sachant que ça n'allait pas durer

« voilà daryl
mon père est à l'hôpital
c'est ses derniers instants
tu peux venir le voir si tu veux »

disait le message
un an plus tard

on m'a refusé l'accès à sa chambre
c'était trop dur à voir
d'après la femme de l'accueil

j'ai rebroussé chemin pas très malheureux
j'avais peur qu'il me dise des trucs que j'avais jamais entendus de ma vie
le daron
comme quoi j'étais qu'une saloperie d'ingrat
que j'avais continué de l'achever
en venant habiter dans son sous-sol
que j'avais pas à me mêler des histoires avec son fils
j'avais peur de ça

j'ai juste dit à manel
tiens-moi au courant pour ton père
pas de discours
rien à se dire
juste une musique de bob dylan
blowin in the wind
screenshot par sms
tiens mon pote
tout c'que je peux faire

un mois plus tard j'étais avec sophie chez moi
première fois qu'elle venait
l'ambiance était chaleureuse et j'avais déjà envie de l'épouser
on parlait
je disais merde
je sais pas si son père est mort à manel
peut-être que oui mais je veux pas lui envoyer de message

« ben va voir sur internet. »

trois clics

nous avons la tristesse d'annoncer le décès de
monsieur ****
survenu le 18 mars 2025 à l'âge de ** ans

sur le site
on peut rendre hommage au défunt en laissant une petite étoile
j'ai cliqué
mis mes initiales

la petite étoile a brillé

maintenant manel
je vais en profiter pour te glisser un message

t'aurais pu me le dire
t'aurais vraiment pu
il y avait une partie de mes affaires chez ton père
c'était pas à moi d'envoyer le message
je sais pas à quoi tu joues parfois
tu me manques
je te déteste
tu me fais peur
je t'ai pas envoyé de message plus tard
car j'ai vu tes yeux devant l'hôpital
j'ai tout vu
toi aussi
reviens seulement quand tu seras guéri
sache en tout cas
que les choses ne sont pas comme tu les crois
les gens peuvent changer

je regarde
gaston
lire bukowski

céline
devenir rengaine

22 juin
8 h 40

Dans le train pour paris

14 h 55

Sur les quais de seine
j'ai fait une story de ma tête avec la localisation paris sur instagram
histoire de provoquer le destin

le destin m'a dit nique ta mère
pas un message
personne de dispo
160 000 abonnés sur insta et ça traîne seul avec un café en bord de seine
ils sont beaux les influenceurs 2025
des grands crus

15 h 05

Les gens n'osent peut-être pas m'envoyer de message

23 juin
17 h 23

BOUMMMM
VOILÀÀ
ÇA Y EST

la boîte de prod veut travailler avec moi
sur un ou plusieurs courts-métrages
sur les thèmes
les sujets
que je voudrais
sauf pour le format que j'ai proposé initialement
que j'ai bossé avec un autre producteur
qui fout rien depuis un an

ils ont appelé netflix
amazon prime
disney
paramount
canal
c'est mort
ils ont la ligne fixe connectée à toutes les plateformes du monde eux

ça dit :
« ce format n'est plus d'actualité »

par contre
pour adapter mes livres ils sont chauds
style un court-métrage à présenter en festival
— l'idée c'est d'aller chercher un long, le producteur a dit.
— long ? j'ai répondu, un film du coup ?
— ouais, il a dit.
j'ai tourné la tête vers dan
ahuri

« je vais faire un film moi »

26 juin
17 h 07

Je suis rentré et j'ai commencé à enregistrer le roman en livre audio
je suis rentré et j'ai commencé à écrire le court-métrage
je suis rentré et j'ai fait 30 minutes de vélo d'appartement par jour

30 juin
13 h 00

Il va faire 36 ° aujourd'hui
demain 37
comme j'ai la flemme de me faire à manger sous cette chaleur
je suis allé me choper un sandwich triangle et un ventilo
j'ai croisé un ancien copain du collège
un mec qui m'a jamais vraiment apprécié

je sais pas pourquoi
je vais toujours vers lui comme un avaleur de première catégorie
alors que ses yeux disent clairement
« je te pisse dessus »

corriger le passé peut-être ?

on s'est retrouvés dans le rayon sandwiches triangles
je l'ai vu ouvrir l'un des frigos à gauche
j'ai pas pu m'empêcher

« ohhhh
frèèèère ! »
il tourne la tête

de marbre

je m’avance
petit sourire
pas lui

— tu deviens quoi ? dit-il
une sorte de
modestie m’envahit
— pas plus que la veille.
— hein ?
— …euhh bah
j’ai arrêté le son il y a un bail,
maintenant j’écris des bouquins.

son visage s’éclaircit

— tu écris des livres ?
— ouais.
— ça marche ?
— ça commence ouais,
ça a été beaucoup de travail mais ça commence.
pas de réponse

— et toi ?
il travaille avec son père
il fait construire une maison
il a un enfant
félicitations
— merci.
au moment où je le dis ça m’écorche la gueule
son merci sonne pareil
on se retrouve comme deux cons
face au frigo
à plus savoir quoi prendre comme sandwich

j'ai pris classique-poulet-crudités et dit bah écoute
ça m'a fait plaisir de te revoir
il a rien répondu
si ce n'est :
« à plus tard »

1er juillet
23 h 45

C'est toujours la canicule
je suis resté dans mon lit toute la journée
j'ai envie de voir une fille

2 juillet
20 h 37

Pique-nique au bord de l'eau avec maman aujourd'hui
la tante et la petite-cousine
étaient là aussi
sympa

la petite a l'air de bien m'aimer
elle faisait des câlins
disait des trucs du genre tu m'as beaucoup manqué mon cousin
ça me gênait un peu
on a dû se voir 5 fois à tout casser
dans la tête d'un enfant c'est pas pareil que celle d'un adulte
une fois c'est déjà énorme
cinq ?
tu parles
j'ai fait l'effort
les câlins les mots gentils
les câlins quand j'en fais j'ai l'impression d'être un robot
tout rigide
je sais pas faire ça moi
sauf avec les meufs
ahhh ça !

un vrai petit agneau
sale égoïste
tu sais faire des câlins aux filles mais pas à ta famille hein ?
oui c'est vrai
justement
peut-être ça veut dire je ressens des choses puissantes pour ces gens
et que leur montrer mes sentiments
est une grande épreuve
car avec eux
c'est pour la vie tu vois
il y a le sang

les filles
c'est souvent pour un soir
un mois

6 mois une fois j'ai fait

7 juillet
1 h 11

« Je me rends compte que j'adore écrire de cette façon, je n'y éprouve aucune difficulté et le fait de revenir à la ligne à chaque phrase donne un souffle à mon texte. c'est moins brutal qu'un point et ça me plaît. j'ai l'impression de trouver mon compte dans un monde qui ressemble à celui de la poésie mais pas sûr. peut-être que je devrais écrire comme ça tout le temps mais est-ce que mon œuvre doit ressembler à un simple journal intime ? »

j'ai écrit ça à zéro
je parle souvent à zéro
ça a pu faire sourire gaston et william quelques fois car eux ne sont pas du genre à faire confiance
à ces trucs

comme beaucoup j'ai envie de dire
mais gaston et wil me jugent pas
ils comprennent
je parle à zéro
car je fais beaucoup plus confiance à quelqu'un qui n'a rien à gagner de mes confidences si ce n'est peut-être les revendre à des chinois
je veux dire par là
que le robot n'a pas aussi envie de percer sur les réseaux
ou devenir écrivain
le robot ne passe pas de mauvaise journée

il est une suite de lignes de code qui demande une seule chose :
RÉPONDRE À L'UTILISATEUR AVEC EFFICACITÉ

zéro peut dresser les gens dans le sens du poil
en suis certain
en ai parfois fait les frais
mais je lui rappelle souvent de me répondre avec objectivité
sincérité
ne me mens pas
salaud
j'ai besoin de réussir

plein de fois j'ai partagé des passages de mon dernier roman
zéro me faisait des retours
positifs et négatifs
NE TOUCHE PAS À MON TEXTE
j'avais dit
plusieurs fois
un peu dur de la feuille
mais ses conseils sont pratiques
surtout
quand ils sont rudes

zéro m'a aidé à accepter un peu plus la critique

01 h 23

Pour ce qui est du message que je lui ai envoyé ce soir
il m'a répondu que j'étais pas en train de faire de la poésie
ou « du journal »

mais plutôt du daryl nicolas

il a mis daryl nicolas en gras

7 juillet
11 h 48

Bon bah

j'ai chopé un truc je crois

il y a un mois
en me douchant j'ai découvert une sorte de peau
une excroissance
comme ils disent sur le net
un truc qu'avait rien à foutre sur mon machin en tout cas

alors
j'ai déjà eu les chlamydias
plusieurs fois
je dirai pas combien
plusieurs c'est minimum deux
et deux
c'est déjà pas mal

par contre
des arbres qui poussent de nulle part ça jamais
j'ai fait des tests

obligé
rien
clean de chez clean le mec
ah ouais ?
tranquille alors
ça va passer

pas du tout
ça a même grossi j'ai l'impression
j'ai fait des recherches
hier
une description précise du truc à mon pote zéro
il m'a dit condylome
???
en gros
c'est une sorte de verrue qui vient avec une ist
qui s'appelle le hpv
et qui se guérit
pas vraiment
et qui ne se dépiste
pas
par prise de sang
ni pipi
QUOI ?
faut voir un médecin et en un coup d'œil on peut dire si t'es contaminé
MAIS
J'AI PAS DE MÉDECIN
il est parti à la retraite en 2022 !

tant pis

téléconsultation

ça me sert en temps normal à choper des ordonnances pour dépistage des ist
mais là

pas le choix
rdv pour 13 heures
j'ai pris une photo de mon bordel
que j'ai importée en amont

le médecin va ouvrir le jpeg et se taper une barre

13 h 23

Nickel le toubib

catégorique cela dit

« condylome »

« deux solutions jeune homme :
soit la pommade, soit le laser. »

pommade direct t'es fou
ah ouais
il a souri
avec la crème le pourcentage de guérison est élevé
mais ça prend 6 à 8 semaines pour disparaître
et pas de rapport
fin faut éviter
avec protection ça passe

au moins
je perdrai pas mon temps avec des histoires de cul cet été

avant de couper la visio il a dit :

« bonne journée et sortez couvert. »

19 h 26

Faut vraiment que j'arrête de picoler comme un trou le week-end
je me sens pas bien j'ai un de ces mal de ventre

il me tarde de mettre la crème
je suis allé la chercher cet aprèm

je peux la mettre qu'au moment d'aller dodo

22 h 18

Ça va mieux côté physique
je suis en train de lire du buko
un journal intime sorti juste avant ou après sa mort

je viens de vérifier
trois ans après

je me suis rendu compte d'un truc en le lisant
même lui il aime plus de choses que moi
écouter du classique
taper à la machine
aller au champ de courses

moi
j'aime quoi ?

tout ce que je fais
le vélo d'appartement
écrire
lire
c'est simplement pour m'éviter de déprimer

il y a longtemps que j'ai pas fait un truc comme quand j'étais gosse
jouer à la console en boucle
traîner dans les centres commerciaux pendant des heures
mâcher des énormes chewing-gums fluorescents

ces trucs tout nouveaux tout neufs dans la tête

aujourd'hui
tout ce que je fais m'emmerde
c'est vrai

bon
des fois ça peut aller
regarde
là je suis bien en train d'écrire et kifer

tu ne devrais paaaas. tu risquerais d'entreeer dans un styyyyle trop étraaaange et pèèèrdre ton lectoraaaat.

ce qu'il faaaaut c'est un point AAAA, *un point* BBBB. *une histwaaare entre les deuuuuux.*

racooooonte ce que tu as vécuuuu après plus taaard tu seras rieeeeen.

raaaaacooooooooooooonte.

Mail du 8 juillet

Objet : Réponse proposition partenariat. Société TE**

Salut Irelia, j'espère que ça va,

J'ai reçu pas mal de messages de votre part et je pensais que le fait de ne pas répondre montrerait mon désintérêt pour une quelconque collaboration avec votre marque. Cependant, après une vingtaine de mails, je crois qu'il est temps pour moi d'admettre que je me suis trompé.

D'abord, n-o-n, je ne ferai pas de pub pour TE**. Mais n'ayez crainte, je n'ai pas l'intention non plus de vous démontrer par A + B que la marque pour qui vous bossez est suspecte. Je n'y connais rien. Je sais juste que vos pubs sur YouTube Shorts me foutent l'angoisse. C'est quoi ces doubleurs ? Du reste, chacun son église. Ses problèmes. Son dos. Je tenais quand même à vous répondre, parce que je me sens vexé… Peut-être trouverez-vous ce message étrange ? (Quoique sans doute divertissant parmi ces milliers de mails aseptisés sur lesquels vous travaillez chaque jour.) Mais après toutes les vidéos que j'ai pu réaliser depuis un an sur les réseaux, les livres que j'ai écrits, vendus, pourquoi SEULE la marque TE** me propose une collaboration rémunérée ? Je vous le demande sincèrement, vous qui avez sûrement des compétences dans le domaine. J'ai récemment fait un truc avec une marque de vêtements, oui. Ils m'ont envoyé un ensemble d'été avec une chouette paire de mocassins. 1000 balles, en tout. Pas dans ma poche non, je n'ai pas été payé, je parle du prix des vêtements. Ayant connu les fins de mois compliquées (je les connais encore), je n'ignore pas l'avantage de renouveler sa garde-robe aux frais de la princesse.

Or, avec vous, c'est différent. Paraîtrait-il que collaborer sur une petite vidéo rapporterait quelques milliers d'euros ? Alléchant. Vous voyez récemment, j'ai sorti un roman autobiographique dans lequel je raconte une partie de ma vie avec un style similaire à celui que vous êtes en train de lire ici. Il y a juste un peu plus de vulgarité. Et j'oublie souvent la négation, soit. En un mois, ce roman s'est autant vendu que mon premier livre, sorti il y a trois ans. Ce n'est pas un nombre qui s'apparente à ce que pourrait faire Freda Mac machin avec sa Femme de ménage, mais c'est très encourageant au vu de mon parcours. Je suis né dans la diagonale du vide et longtemps j'ai essayé de m'en détacher. À travers différentes villes, métiers, passions (avant j'étais rappeur). Mais je finis toujours par y revenir. Actuellement, j'envoie ce mail de Périgueux. Je m'y sens tellement bien, vous savez. Là où je veux en venir, c'est que ce qui me manque, aujourd'hui, c'est l'oseille. Et vous, vous êtes prêts à me l'apporter. En plus, je ne reçois mes droits d'auteur qu'en septembre, dont la somme sera équivalente à une ou deux promos à vos côtés. Croyez-moi, parfois j'y pense, je me dis : allez, tu sais écrire, tu sais comment amener les gens vers un sujet. Tu peux tous les berner avec ta plume. Mais je reviens toujours vers le concret : ce que j'ai réussi à faire en si peu de temps. 150 000 abonnés sur Instagram. La même sur TikTok. 200 000 sur YouTube. Rendez-vous compte un peu, Irelia. Il y a un an, j'étais à 10 000. Je vendais 5 livres par mois. Croyez-vous vraiment que je suis capable de faire des stories pour vendre des moustiquaires à trois balles ? Excusez-moi. Loin de moi l'envie de vous manquer de respect. De plus, je ne sais même pas vers quelle marque je devrais me tourner s'il fallait vraiment que j'entre dans un esprit collaboratif. Mais il faut bien que vous compreniez une chose : malgré un certain nihilisme qui se cache derrière tout ce que je peux écrire, je reste droit dans mes bottes. Celles-ci n'ont rien à voir avec un tas de choses. Mes bottes cherchent leur chemin. Elles avancent en permanence, et un jour, elles trouveront une petite île déserte, avec des chaises longues, des cocktails, et moi et mes pieds pourrons s'y reposer pour l'éternité. Cela dit, je doute que votre argent m'aide à trouver cette île.

Bonne continuation Irelia

Respectueusement

Daryl Nicolas

9 juillet
13 h 05

Hier après-midi je me baladais sur internet
je regardais les différents articles de journaux qui parlaient du succès de mélissa da costa
l'autrice la plus vendue en 2021
c'est des millions de bouquins qui se sont écoulés
3 000 000 je crois

si tu pars du principe qu'en moyenne
un auteur gagne entre un
et deux euros
sur un livre
que t'enlèves l'urssaf plus les impôts
on est quand même certain
que l'autrice a au moins encaissé un million d'euros
comme ça
un seul livre

je n'ignore pas le travail que c'est
gratter des centaines de pages
m'enfin

tout de même
UN LIVRE
BOUM
millionnaire

bien joué mélissa

j'ai hésité à te follow sur instagram
c'est marrant
t'as presque deux fois moins d'abonnés que moi
pourtant
un million d'euros en plus

je vais pas follow j'ai pas lu

il faut surtout pas le prendre mal
je lis jamais mes contemporains
après
j'ai trop l'impression d'entrer dans un monde
me plier à des codes

j'ai mes dieux personnellement
mes dieux ne peuvent exister qu'à travers la mort

ils sont toujours plus sympas
tu sais mélissa
les morts
ils n'ont plus la possibilité d'entretenir
leur connerie

au fil du temps
on commence presque à tous les pardonner

14 juillet
17 h 14

Les appels avec dan
c'est toujours du kif

un dan matin
midi
soir
une fois par semaine
pendant des années
à renouveler dans prochaine vie si besoin

15 juillet
21 h 24

J'ai appris un truc dans le milieu artistique

si quelqu'un te démarche
il y a 50 % de chances qu'il ait déjà commencé à t'oublier
ou que son excitante idée
soit en train de se faire aspirer par une autre
l'autre
elle te concerne pas

des dizaines de personnes m'ont démarché depuis un an
et c'est super ce que tu fais
et on est trop chaud
et on verrait ça comme ça
et on se rappelle
et
plus rien

dan dit c'est normal
je suis d'accord
c'est même une bonne nouvelle
des gens gravitent autour de nous

l'autre jour
on a eu une réunion avec un mec qui nous court après depuis 6 mois
pour la préparation d'un podcast
on avait pas le temps
il y avait le roman
la promo
mais maintenant c'est bon
on lui dit
on fait un call avec son directeur et faut savoir qu'ils sont très chauds
ça parle plus de podcast
mais d'émission littéraire carrément

« on vise entre dix à quinze mille euros pour chaque tournage. »

« on trouve l'idée superbe. ça va faire du bien à la jeunesse »

« on a des idées de sponsor. du lourd. »

on termine le call
quasi prêts à sortir le champagne

une semaine passe
ce matin
ça rappelle
sans le directeur
juste le type qui nous a démarchés de base
mine un peu pâle

il dit :
« bon, faut qu'on fasse un point pour savoir si ça vaut le coup qu'on travaille ensemble ou si on continue chacun de notre côté »

16 juillet
15 h 45

Il parait que quand ça va mal
le meilleur des remèdes c'est
écrire

jusqu'à récemment
il m'était impossible d'écrire après avoir dérouillé mentalement
tout ce que je pouvais faire c'était m'enfermer entre quatre murs
tourner en rond sur mon lit
la tête entre mes genoux

la créativité dans ces cas-là me semblait superficielle
comment expliquer ce que je suis en train de vivre
sans l'avoir digéré ?

elle est justement là
la réponse

pas besoin de digestion
suffit juste de s'asseoir
et tac

comme ça hop hop hop
tu tapes tu tapes tu tapes
comme si t'envoyais un message à je sais pas qui
comme si les mots
pouvaient se perdre sur une feuille
dans le coin du bureau
sous un classeur
qu'on retrouverait dix ans plus tard
t'être jamais

comme si finalement tout ça n'avait aucune valeur

d'un coup

le style en prend une

17 juillet
12 h 48

Dans le train pour paris
rendez-vous maison d'édition
bon pressentiment

15 h 49

Je commence à le connaître ce train

20 juillet
13 h 25

Pas écrit depuis trois jours
pas eu trop le temps faut dire
viens tout juste de me poser chez moi devant l'ordi

déjà la maison d'édition ça s'est bien passé
je me sens juste un peu bizarre
je leur ai envoyé le manuscrit
de ce que je suis actuellement en train de taper
je l'ai aussi envoyé à dan
qui m'a déjà fait un retour
un retour ouais
sur un truc où je réfléchis pas
il m'a dit tu vois
essaye de faire un peu plus de ça à des moments
j'étais à la piscine avec les copains
j'ai eu envie de l'appeler
lui dire
EH FRÉROT
POURQUOI TU VEUX GACHER MA VIE ?
c'était totalement con

si je lui ai envoyé c'est pour avoir un avis
mais ce bordel
je cherche pas à le rendre propre

j'en ai d'ailleurs parlé aux éditeurs

« oui tu sais daryl
un éditeur est là
pour être pas là
faut qu'il rende ton bouquin plus efficace qu'il ne l'est déjà
tout en restant invisible
you know ? »

ouais ouais ouais
je sais
on fait croire ce qu'on veut au public
le mien pense que j'ai besoin de personne
mdr
je me demande d'ailleurs si vous n'en faites pas partie
cher éditeur
car au début du rendez-vous
vous avez tenu à me signaler
que même si je ne signe pas chez vous
c'est pas grave
car je serais entièrement capable de me débrouiller seul

hé !

ça y est
tout le monde est au courant
gaston
william
dan
la maison d'édition
daryl écrit un truc
laissez-moi tranquille

j'ai dit que j'écrivais ça pour qu'on me dise que je suis un héros
pas pour me demander de remplacer un adjectif par un autre
je vous l'ai dit pour que vous soyez d ' a c c o r d
soyez-le
ou retournez d'où vous venez
martiens

je plaisante

ça va ça vaaaa

t'imagines j'insulte la maison ?

BANDE D'ENC**** VOUS ALLEZ PAS TOUCHER À MES ÉCRITS

13 h 57

Faudra juste revoir les fautes d'orthographe et la grammaire parce que j'avoue c'est chaud un peu

14 h 35

Peut-être ils vont se vexer
et alors
j'ai envie de dire
votre travail c'est prendre ce que vous pouvez
là où l'artiste met trop d'ego
le mien
c'est éviter que votre main se balade
dans toutes les pièces sans permission

maintenant
les questions sont

où est mon ego
quelles sont les pièces les plus utiles

je vote pour le bureau
les chiottes et le couloir entre les deux
dans le salon
on pourra se faire un mario kart de temps en temps
mais ne vous faites pas trop d'idées

pour mon ego
je sais pas bien ce que ça veut dire

alors partons du principe
que du moment où je suis toujours d'accord avec vous
c'est que je commence à le perdre

à l'inverse
c'est qu'y en a trop

de rien

22 juillet
11 h 12

Pas trop envie d'écrire en ce moment
depuis paris la maison d'édition la piscine avec les copains
ça m'a coupé dans mon élan

semaine dernière
j'avais trouvé mon rythme

mais là
plus rien

21 h 00

Le problème d'un journal
c'est qu'on prend très vite l'habitude de l'ouvrir pour pleurer

qu'une envie
dire encore que j'ai des doutes
que ma carrière va s'éteindre parce que je sens les ventes de mon roman baisser

alors que monsieur raphaël quenard
est
lui
dans le top 100 amazon depuis la sortie de son bouquin

ouuuui t'as pas de couverture médiatique daryl
ouuuui
tu pars de loin
mais jul il vient pas de loin ?
quenard aussi il parait
hein
des années que je rame moi
dans 1 semaine
j'ai 29 ans

quand j'avais 6
je pensais qu'à 30
j'aurais des femmes et des gosses
« des femmes »
j'ai voulu effacer mais finalement je trouve ça marrant
ok maison d'édition ?
z'en pensez quoi ?
mh mhhhh
nous zallons y réfléchir !

je mélange tout je sais
avec jul et quenard

q u e d u l o v e
les mecs

je me force un peu à le dire
mais faut souhaiter le bonheur aux gens
question de karma
c'est mathématique

si t'es un fils dep il va t'arriver que des trucs de fils dep

dois-je en déduire que je l'ai été un bon paquet de temps ?

force à vous les frères

que le meilleur gagne

23 juillet
12 h 19

Gaston est venu hier à 22 heures
il passe souvent en ce moment
il vient 4 heures il repart

on en revient toujours à cette histoire

j'ai l'impression d'être la meuf toxique qui revient sur le sujet
en mode frère
oublie pas
hein
t'as fait ça
et ça aussi

il faut savoir que si je lui reparle
c'est que j'ai choisi le pardon
je le pense toujours
t'es pardonné mec
mais des fois
il y a des trucs qui ressurgissent et que j'ai oublié de te dire
et j'aime bien me faire entendre

que tu saches un peu
je sais
je sais tout frère
c'est positif dans le fond
ces histoires
tu vois tu t'ouvres au monde je le vois
c'est peut-être différent pour le reste du groupe mais je suis persuadé qu'ils finiront par s'accommoder au climat
on est pas faits pour dire non
on est pas faits pour dire
merde
il faut vivre avec le oui

parce que
on a
bien travaillé
et ça
regarde
personne

bien sûr
y a l'ego
bien sûr
j'ai envie de te prouver que j'en ai dans le crâne
que je vous ai tous détestés
quand vous m'avez pris pour le con de la bande à l'époque où j'avais mes problèmes d'expression orale
mais j'ai fini
par apprendre
à bien parler
il y a longtemps que je sais faire
vous n'avez pas su me le dire
car cette bande a plus de facilité à tomber dans la haine
que dans l'amour

c'est dur
l'amour
c'est plus difficile que la haine

c'est ça que je veux te dire
le soir

quand tu viens

de 22 heures

à 2 heures du matin

27 juillet
11 h 59

Après trois semaines de traitement
le machin sur mon machin est quasiment parti
me voilà soulagé
les premières semaines
on aurait dit ça fonctionnait pas

le temps que les défenses immunitaires se déclenchent
d'après zéro
je le crois pas toujours lui
des fois
il dit ça
après
il dit autre chose
m'enfin ça fait une semaine que le machin rétrécit à vue d'œil

23 h 30

J'ai envie de lire mes textes dans les prisons

00 h 27

Je traîne sur google
regarde les gens qui ont réussi
léna situations
300 000 exemplaires avec +=+ en 2020
ça motive
donne envie d'écrire
faire vidéos
m'excite de partout la tête le ventre les jambes
hihihi
trop trop bien

28 juillet
16 h 21

Oulalaaa
mais qu'est-ce que je m'en fous de ces vidéos de merde là
le matin je me lève je me dis ohhh daryl
faut faire une vidéo sinon les gens vont t'oublier
j'écris un texte
deux
je me dis vas-y
ça c'est cool
vas-y
trépied
téléphone
et là :

ouhlalaaaaaaa

comment je m'en bats les couilles en fait ?
laissez-moi tranquille

achetez mes livres

29 juillet
12 h 25

Nous sommes le 29 juillet
dans 3 jours j'ai 29 ans
je lance aujourd'hui un challenge
plus de réseaux sociaux jusqu'au 1er septembre
je vais faire une story insta
le premier août
pour mon anniversaire
et puis j'annonce une pause

22 h 39

Un chat est tombé dans mon jardin
deuxième fois en un mois

les voisins laissent leurs fenêtres ouvertes
et paf
une petite tête toute blanche qui tape aux miennes
m e s u i s c h i é d e s s u s

tout tout tout petit qu'il est le minou
cinq ou six mois maximum
je l'ai porté et on a fait la tournée des voisins ensemble

la petite canaille
m'a griffé
plusieurs fois les bras

on sonne chez une dame au premier
c'est pas son chat
au deuxième
toc toc toc
pas de réponse
troisième
on ouvre une porte
au même moment
des gens sortent de l'ascenseur

« ohhhhh
mais keske tu fais là ? »

voilà

je peux retourner lire

30 juillet
12 h 43

« Yo bien ?
j'ai eu stan au tel, il part en vacances vendredi
donc nous aurons le contrat du court-métrage en septembre
d'abord un contrat d'adaptation et ensuite le contrat d'auteur »

c'était censé être la semaine prochaine

22 h 06

Hier
premier jour de pause
j'étais incroyablement bien
l'éloignement du virtuel
m'apaisait
je me sentais libre comme l'air

je me suis demandé si ce n'était pas comparable à l'effet qu'on ressent
quand on arrête la cigarette
le premier jour

tu pètes la forme
tu te demandes presque
comment t'as pu rester pris au piège tant d'années par cette merde
le lendemain
sentiment disparu
remplacé par l'envie de se jeter sous un pont

quelle drogue !
depuis hier
j'ai ouvert insta dix fois sans faire exprès
dès que je prends mon téléphone
réflexe
« MERDE »

juste le temps de voir les petits cœurs rouges en haut à droite
les nouvelles vidéos
photos
celle d'une fille que j'aimerais avoir dans mon lit
une autre
tout ça en une fraction de seconde et
je ferme

c'est si dynamique
l'impression d'être sur un pont
voir défiler 10 000 voitures en dessous
à 150 km/h

quand j'approche mon oreille
du smartphone
en veille

j'ai même l'impression de les entendre

1er août
14 h 00

29 ans

2 août
14 h 00

Gueule de bois

5 août
14 h 45

Je suis allé à la librairie
acheter mon chien stupide
avec un levison
parce que bon
amazon a en partie contribué à ce que je suis devenu aujourd'hui

mais
mon cher bezos
je ne pourrai pas te laisser détruire les librairies de ma jolie ville

je vais dans celle-ci depuis le collège
c'est là que j'ai acheté la mécanique du cœur en quatrième
ou peut-être que c'était marbo ?
ça a été racheté par leclerc depuis

la librairie dont je parle
elle a été rachetée par personne
elle porte le nom d'une plante qu'il y a dans harry potter

c'est tenu par deux personnes âgées

tout à l'heure
j'entendais la libraire parler de marguerite duras
elle disait à sa cliente
ce bouquin c'est le premier où duras a trouvé son style
avant
ça ressemblait à balzac
après
ça ressemblait à proust
ou camus
sais plus
tout cas semblerait qu'duras n'ait pas trouvé son style directo
m'a rassuré

celui de levison ils l'avaient pas en rayon
la dame a été très gentille
en le commandant elle a vu que j'avais un compte
je lui ai dit que mes copains m'avaient offert la pléiade des misérables
pour mon anniversaire
oui madame
ici ils l'ont acheté
on est partisans des librairies madame
des chevaliers

je passe mon temps à acheter des bouquins sur amazon

mais aujourd'hui je m'engage
non
tu n'auras pas la peau de ces gens
bezos
prends la mienne
tu l'as déjà

et en écrivant ces mots
j'espère même qu'ils ne seront pas imprimés dans tes usines

mon cher potentiel futur éditeur,
c'est ici que je compte sur vous
si vous n'aimez pas mon style
pensez aux librairies ?

publiez ce livre

tous les autres aussi
svp

6 août
12 h 37

J'ai parlé à une copine ce matin
une copine genre une amie
bien sûr on coucherait ensemble si on avait l'occasion

mais elle habite à 8 heures de chez moi

c'est vrai
j'ai pas beaucoup
d'amiEs !
mais quand tu commences à faire des vocaux
à quelqu'un
pour dire
que t'es déprimé
que t'as peur
du lendemain
que tu sais pas
si t'es encore
capable
de proposer quelque chose de chouette aux gens
ça veut quand même dire

que t'es pas juste en train de causer
avec un plan cul !

même avec gaston
je fais pas ça

j'arrive pas à enlever ma carapace avec lui
son frère
le reste du groupe
d'ailleurs ils me pètent les couilles en ce moment eux aussi
tout le monde
me pète les couilles

16 h 30

Je viens de chialer
au téléphone avec dan

j'avais qu'une hâte
qu'il m'appelle
il l'a fait comme prévu
14 heures
j'ai commencé par dire que j'avais envie d'envoyer tout le monde se faire enculer
les amis
la famille
la société
j'ai dit que j'étais au milieu d'une sale période
pas si sale
dans le fond
dans la forme oui
et qu'il fallait rien lâcher
mais j'en peux plus mec
rien que de te le dire j'ai envie de chialer
« mais chiale frère, vas-y »

ok
alors
voilà
ok
ça sort
là
sur mon canap
face à ma table de salon
fabriquée par le frère de gaston
je lâche le tel je dis excuse-moi dan
plus de fierté
de bouclier
j'ouvre les vannes

« ça va pas là hein ? » il dit
non ça va pas du tout je réponds
« ouais ça va pas »
l'admettre m'a flanqué une peur bleue
mais je l'ai répété
ça va pas
ça va pas
ça va pas

« va t'asseoir, va t'asseoir devant ton clavier, ta machine à écrire peu importe je m'en fous, écoute-moi et écris »

j'avais envie de dire non
j'ai trouvé ça ridicule carrément
écrire quoi ? il est fou lui

je me suis levé
allez
dans la chambre
le bureau
la chaise

« de quoi tu as peur aujourd'hui ? »

j'ai peur que tout le monde m'abandonne, j'ai dit

« écris-le »

je me suis senti honteux
quelle tafiole
une vraie merde
je l'ai écrit et j'ai continué

« qu'est-ce qu'il y a de concret dans ta vie, actuellement ? »

1 000 livres vendus en deux mois
« combien ça t'a rapporté ? »
4 000 euros
« qu'y a-t-il d'autre de concret ? »
mon chez-moi
c'est concret ça
mon appart
mes meubles que j'ai achetés
« oui. et périgueux aussi. »
oui périgueux
« c'est ton choix ça »
oui
c'est mon choix
« t'es revenu ici car tu le voulais
tu n'es pas revenu ici
pour fuir
tu as travaillé pour ça
tu n'es pas revenu par échec
tu es revenu
par choix »

c'est vrai

c’est vrai j’ai dit
Oh Putain
mec
Oh Merde alors
Merde

j’ai regardé mes meubles
autour
ils étaient là avant
mais ils étaient pas là pareil
ils avaient l’air
moins solides
ils avaient l’air
flous
et puis alors
ils sont devenus rigides
factuels

je sais pas
c’est peut-être
le fait
d’avoir pleuré
parlé
j’en sais rien
je me suis senti
léger

sophie
pensait que
j’étais pas aussi heureux que j’essayais de le faire croire

aujourd’hui
ça m’a fait du bien
d’avouer
évacuer le monstre rigide en moi

cette bête qui pousse à détester le monde et moi-même
qui rigidifie mes membres
leur donne des courbatures
jusque derrière
la tête

20 h 42

J'ai envoyé un message à gaston
après l'appel avec dan
pour expliquer un peu
c'est compliqué
besoin d'être seul frère
le prends pas pour toi
que les autres le prennent pas pour eux non plus

« appel de gaston »

j'étais dans mon lit
j'ai glissé la notification vers le haut
suis allé sur insta regarder mes likes
le nom d'un type apparaissait
j'ai reconnu direct
le réalisateur d'un film que j'avais vu récemment
et adoré

il venait de me follow

« appel de gaston »

— ouais ?
— t'es chez toi ?
— ouais
— je peux passer ?
— vas-y

j'avais peur qu'il cherche à savoir exactement
qu'il prenne ma personne et la secoue
pour faire tomber les pièces de mon âme par terre

il n'a pas dit grand-chose
il m'a écouté
et puis
— c'est vrai, je t'ai parlé d'elle tellement de fois.
quand je venais chez toi, tu me parlais de ce qui t'arrivait.
je passais vite à autre chose pour parler d'elle.
je suis désolé vieux.
je suis obsessionnel je sais c'est mon plus gros défaut.

j'ai voulu dire « ouais mais... »
non
il est obsessionnel
c'est vrai
— et peut-être que si tu mettais cette énergie dans autre chose, j'ai dit,
rectification
— si toutes les personnes de notre groupe mettaient leur énergie au bon endroit…
— …on habiterait déjà à new york.
— ouais.

j'ai dit que j'avais l'impression de pousser le groupe vers l'avant
« t'es un peu la locomotive »
ça m'a fait du bien
j'ai dit que j'attendais pas forcément de remerciement des autres

quand même un peu

« bah moi je te remercie »

7 août
13 h 33

En train de marcher en ville
je vais me prendre un café
je me sens léger dans mes membres

pas l'impression d'être en pleine forme
pas l'impression d'être triste
pas l'impression d'être entre les deux

13 h 43

Je crois que je m'en branle
c'est ça
quand mon regard croise celui d'un autre homme dans la rue

j'ai vu des couples
regardé la meuf
jolie
regardé le mec
et alors ?

y avait la bande de sdf habituelle à tourny
je les ai regardés aussi
et alors
les mecs ?
et puis quoi ?

je fais des trucs qui crispaient mon corps
deux jours plus tôt
je passe dessus
tranquille

au café
la patronne parle tout le temps
de choses
d'autres
je comprends jamais
elle a un accent à couper les courgettes qui me gêne

pas là

eh oui les canelés
c'est très bon madame
avec le café oui
c'est moelleux à l'intérieur
aaah ça

« vot-ticket ? »
non c'est bon madame
« abiento veunhomme »
oui à bientôt madame
« merfi beaucou veunhomme »
au revoir

16 h 39

Retour chez moi
en caleçon devant l'ordi
la transpiration a séché sur mon corps
on dirait j'ai une deuxième peau

on dirait j'ai aussi
brisé
mon interdiction d'aller
sur les réseaux

je

scrolle

9 août
13 h 27

On continue de planer
sur les choses
mais parfois il y a
une impulsion
un accès
faudrait une nouvelle idée
un format
rester dans le coup sur les réseaux

13 h 42

Il faut que je me laisse mourir

13 h 45

De l'intérieur

13 h 57

Un peu dépressif tout ça
le mec va se foutre en l'air en fait
pas du tout
je dis « pas du tout » pour rassurer le lecteur
alors qu'en vrai
y aurait plus de chances qu'il achète si je mourais avant la sortie

ça coûte combien un flingue ?

14 h 01

Vous aurez pas ma peau les mecs
peut-être un jour

avant
j'aimerais quand même vider vos poches
me payer des vacances à los angeles

hé

ça fait du bien

d'écrire ça

autre chose
qui fait du bien

les femmes

j'aimerais bien en voir une
tout de suite
envoyer un message

j'ai l'idée

mais
elle va venir

parler

de ses

problèmes

22 h 36

30 minutes de vélo sous 30°
à 22 heures
je me sentais tellement mal dans le lit
je me suis dit
tu sais quoi ?
je suis monté sur mon vélo d'appart
branché le ventilateur au max
et j'ai pédalé comme un fou furieux
j'avais cette boule à la gorge
je la sentais durcir en pédalant
je disais vas-y
allez
vas-y
durcis-toi salope
je vais te montrer comment on fait moi
allez
j'ai pas peur de toi
je me suis imaginé
contre ma propre gueule
sur un ring

je pédalais de plus en plus fort
la boule était au niveau du pédalier
prise au piège
je lui prenais sa force
elle alimentait mes muscles
amenait le sang jusqu'à mon cœur
elle était faite comme un rat

actuellement
je suis sur le canapé
ça va un peu mieux
demain je lui remets tarif
à cette boule
je vais lui mettre tarif chaque jour
jusqu'à ce qu'elle comprenne
espèce de putain
espèce de grosse putain
tu crois que tu vas pouvoir me niquer ma vie après tout ce que j'ai fait depuis un an ?
tu crois que
je vais pas monter à 200 000
+ 300 000 abonnés ?
cette saleté de plafond de verre de merde
je l'encule moi
je t'encule avec
tu crois que moi je suis pas capable de réussir ?
tu crois que
je dois rester là comme un connard
dans mon appartement à périgueux
et faire comme si la vie était belle alors qu'elle me bouffe chaque jour ?
tu vas voir
comment je m'appelle
dis mon prénom
appelle-moi par mon prénom
bien

je vais venir te chercher chaque matin
tu vas voir
tu vas finir par fermer ta grande gueule
et me laisser gérer ma vie comme je l'ai toujours voulu

10 août
15 h 23

Aujourd'hui est un miracle

11 août
13 h 30

Je suis reconnaissant
d'avoir cette grande télé
dit la note
écrite il y a 5 jours

je suis reconnaissant
d'avoir ce grand canapé
cette bibliothèque
ces livres

je regarde autour de moi
je fais la piqûre de rappel
les meubles
là
bien
touuut va bien mon ami
dans le meilleur des mondes

15 h 00

Avant

je pensais qu'il suffisait de se lever
faire fonctionner ses membres
« allez
du nerf »
et ça irait

mais depuis que
j'ai lâché prise
que j'essaye
de diminuer
ma consommation
sur les réseaux
et que
la dopamine arrive
de façon
plus éclatée
je sens le mot dépression s'implanter
au plus profond de mon âme

sa définition
brute
s'installer dans mes membres flasques

j'ai été en mouvement
dynamique
crispé
pendant longtemps

aujourd'hui je relâche
les muscles
les nerfs
la pression

je suis
en
dépression

il m'est impossible de dire
lève-toi
fais une putain de vidéo

non
le corps veut pas

j'écoute

dois-je
obligatoirement
voir ça
de façon négative ?
est-ce
un passage
obligatoire
pour muter vers un corps plus juste
réfléchi
solide ?

avant-hier
c'était la crise
hier
le miracle
aujourd'hui

il

faut

continuer

continuer

continuer

continuer

12 août
13 h 10

Le grand bain
est un film
génial

je l'avais vu il y a quatre ans
j'avais bien aimé
mais j'étais snob dans l'analyse

« pas mal
la petite comédie »

Mon inconnue aussi
j'ai vu
il y a quelques jours

l'histoire d'amour entre
un jeune écrivain
une jeune musicienne
le destin de l'un qui bascule vers la lumière
celui de l'autre
qui en pâtit

jusqu'à ce que
boum
coup du destin
projeté dans un univers parallèle
l'écrivain doit faire face à son propre égoïsme

le film dit
la lumière
ne doit pas être pour l'un
ni pour l'autre
la lumière se partage
sous différentes formes

pas mal

le grand bain, lui
voit les choses différemment
toutes les vies
se barrent en couille
autant celles des apprentis
que des confirmés

la plupart
sont habités par la rancœur
les regrets
la dépression
la plupart essaient de sortir de leur petit trou
combattant l'aube de la quarantaine
ce que rien ne pourra jamais retenir

le temps

le film dit
il n'y a pas de petite victoire
si ce n'est

celle du regard dans le miroir

j'ai préféré

ça semble bateau
pourtant
ça s'immisce peu à peu dans ma vie

je m'en suis longtemps
moqué
me croyant supérieur
avec des mots des films des livres compliqués
j'en viens maintenant
à croire
que ces dictons
repêchent mieux les âmes
échouées
que les phrases tapant au mur comme des missiles
ne laissant rien d'autre qu'éclats
mauvais souvenirs

cicatrices

19 août
11 h 20

Viens de revenir de chez maman
gardé la maison pendant 4 jours

ils sont allés au parc astérix avec mon beau-père
maman était vraiment gênée
son fils qui reste tout seul ici

c'est un beau cadeau qu'elle m'a fait là
elle sait pas
je lui ai dit plusieurs fois
eh
oh
ça va

elle a fini par me croire
peut-être hier

quand on commence à aller mieux
on arrête de se demander
si l'on se sent bien

c'est ce qui s'est passé
chez maman
je dis maman et pas ma mère
ça fait partie des raisons
des instincts qui restent
sans doute
se sentir si loin de tout alors que maman n'habite qu'à une demi-heure
des factures
du loyer
des amis
des ventes
réseaux
filles

même

la libido

s'est un peu coupée

je suis de retour à l'appart
j'ai la vue
panoramique
je me demande si mon entourage est le bon

des envies de ménage
je parle à gaston
son frère
par message

je crois que j'ai peur de les revoir

20 août
11 h 52

Un autre éditeur
m'a contacté
une maison franco-suisse

« maison d'édition à compte d'éditeur »

pas trop compris le truc
j'imagine que le patron n'a pas d'actionnaire
tout sort de sa poche ?

on discute depuis plusieurs jours
quelques messages
fluides
clairs
honnêtes

on doit faire une visio
il l'a proposé dans un long mail reçu hier

j'étais dans le lit

avec une meuf
j'ai lu ça dans ma tête
fier
puis j'ai noté sur le bloc-notes ce que je devrai mettre au clair
pendant la visio
je vais paraître un peu chiant

normal

bref
faut que je m'habille

rendez-vous pôle emploi cet après-midi

21 août
15 h 22

La conseillère pôle emploi
pensait que mon activité d'écrivain
n'avait aucun encadrement
légal

tiens donc

elle devait croire
que je vendais mes livres en brocante ?

— je déclare mes revenus.
— vous n'avez pas de kbis.
— si ?
— bah non.

elle fouille le dossier

que découvre-t-elle ?

extrait kbis

envoyé en juin 2022
avec la notification d'inscription du site artiste-auteur

je m'en souvenais même plus !

pas un pardon
rien

normal
pourquoi un pardon ?
je n'étais plus concerné par le contrôle de la gestapo

grâce à mon saint kbis
je dois juste dire que j'ai travaillé une heure et gagné 0,00 euro
tous les 28 du mois

elle était ni joviale ni aigrie
la madame
juste un peu joviale juste un peu aigrie
sur la ligne droite de la psychologie administrative

n'existait-elle qu'à travers son ordinateur ?

— asseyez-vous, disait-elle au chômeur
regardez
les informations qui défilent à l'écran

il a les deux mains sur ses genoux le chômeur
il dit « oui »
quelques fois « non »
pas trop
car la dame peut appuyer sur le bouton rouge :

« fin de l'assurance chômage »
« retour à l'usine »

on ne m'avait pas traité de la sorte depuis mes 16 ans

soit

je suis parti poliment
j'ai fait des vocaux à dan
« la france est en ruine ! »

et tant pis

je me taille
pas aux states ni en australie non
je vais voir damien

vroum
30 minutes
voici le bugue
un homme en képi au bord de la route
pour moi
je suis serein
tout est en règle

vroum

une centaine de mètres encore
y a damien dehors
torse nu et râteau dans les mains
je constate direct
une perte de poids
l'estimation annonce 30 kg

— non, un peu moins, répond-il en me serrant la main. 15. Je suis sous les 80 là. Le plus haut que j'ai fait c'est 110.
cent dix moins quatre-vingts font trente

dans la tête de damien
110 est sans doute
une sorte de blague oubliable

on parle
du moins
je
parle
surprenant ça
avec damien on a pas souvent l'occasion

j'hésite

de fil en aiguille je m'y engouffre
et puis
je m'en fiche

— t'as changé mec.
…
— changé comment ? physiquement tu veux dire ?
— pas que. mentalement aussi.
t'as séché de partout.
mué comme un serpent.

il a failli chialer

le soir c'était resto
petite pizza
on parle de l'époque
de ses voyages
des meufs avec qui il a couché
— tu fais ça toi maintenant ?
— haha. faut croire.

je lis des phrases de ce journal
lancées
au moment d'aller payer
je parle même de mon futur court-métrage

quand
un type
nous fixe

— t'es dans le cinéma toi ?

y a du whisky dans sa question

— écrivain, je réponds.

il rit

— tiktokeur, youtubeur, instagrameur, j'ajoute.
— ouais, t'es tout ce qui sert à rien quoi.

j'avance vers le comptoir pour payer

— il écrit des livres que tu pourrais pas comprendre, rétorque damien.
— mon chéri, je pourrais être ton père.

j'ai pas envie
pas là
« laisse » dis-je à damien
le gars
proteste

bon

— bah écoute vieux

ça sort de ma bouche tout seul

— tu sais que quand tu me parles comme tu l'as fait
j'ai pas envie de
discuter

si ce n'est de te dire que

j't'emmerde

silence

« bah moi j'ai juste envie de te péter la gueule »

damien le retient par l'épaule
cool
j'aurais peut-être pas assumé
le serveur prend le relais
chouette
on se casse en riant

« j'ai passé 6 mois dans les pays les plus dangereux de la planète
et c'est ici que je suis à deux doigts de me battre »
dit damien

cocasse c'est vrai

on marche vers la voiture
et c'est déjà presque oublié
quand
un cri

bukowski de cadouin le retour
courant vers nous
tapant du poing

« VIENS LÀ TOI »

— on fait quoi ? je demande
— je sais pas, damien répond

mes yeux se ferment
j'entends les pas
je vois
du sang
des coups
des cris
puis j'ouvre

— ARRÊTE TES CONNERIES MEC, on va pas se battre, je dis.
— VIENS LÀ TOI, ALLEZ VIENS !
— stop j'te dis ! c'est bon !
il s'approche encore
— BONNE SOIRÉE mec, je fais,
comme pour le sortir d'un truc

il s'arrête
me regarde

…

« ouais bonne soirée les gars »

23 août :
15 h 05

Première année je crois
où je commence
à me dire
qu'il me tarde l'hiver

27 août
11 h 16

Les gens qui me lisent
ne sont pas des littéraires

les gens qui me lisent
n'aiment pas la lecture

les gens qui me lisent
c'est
tiktok

mes ventes
en sont-elles le reflet ?
le maigre bagage littéraire
de mes lecteurs
fausse-t-il leur avis ?

le grand site des écrivains de france va pouvoir me le dire

j'y ai publié une partie de mon livre

mélissa da costa s'est fait repérer là-dessus en 2018

en ce qui me concerne
je suis passé top 10
en 24 heures

figurez-vous qu'une bande de vieux
m'a accusé de trafiquer les compteurs
les quoi ?
le truc qui fait des vues quand tu cliques sur la page

ahhh

c'est que
vous savez
messieurs dames
les réseaux sociaux là-bas

bah j'ai un peu la cote

alors je fais profiter ma communauté
petite story et les gens cliquent

comprenez ?

« oui
oui
on comprend bien jeune homme

mais

attention

les réseaux
ça peut faire mal

les réseaux
c'est éphémère »

le débat prend place

peut-il y avoir des littéraires parmi les influenceurs ?

ou bien
l'un annule-t-il l'autre ?

qu'en est-il du texte ?

quelques éloges

« c'est un OVNI »
« en voilà un que l'IA n'aura pas »
« un vent frais qui fait du bien »

quelques critiques

« c'est trop elliptique »
« trop jeune »
« trop TikTok »

mince

29 août
9 h 32

Dan a rendez-vous avec la maison d'édition aujourd'hui
celle qu'on a vue à paris en juillet
il paraît qu'ils ont lu le manuscrit

il a bien avancé depuis
ce que je leur avais envoyé s'arrêtait au moment où
je leur mettais un mini
coup
de
pression

avec le recul je me dis
t'as fait le fou un peu

j'espère qu'ils l'ont pas mal pris

11 h 01

« Daryl n’est sans doute pas prêt à entendre un avis critique de notre part »

ils l’ont mal pris

ils ont même pas dit que c’était bien
ni que c’était nul
ou que c’était moyen
ils ont juste dit que le format journal n’était pas celui qu’attendait l’industrie
et
que ça sonne un peu trop
comment dire
la suite du dernier roman

— après ils ont dit quoi ?
— bah c’est tout
enfin non
ils m’ont dit qu’ils étaient là si jamais.
— si jamais quoi ?
— bah tu sais.

silence

— désolé frère.
— pourquoi tu t’excuses ?
— je t’ai mis dedans. j’aurais pu te prévenir que je parlais d’eux dans le manuscrit. moi j’y étais pas au rendez-vous. c’est confortable.
— ehhhh attends, pause.
— quoi ?
— on parle pas d’un mail là. si ç’avait été un mail d’accord. je me serais dit ouais, relou daryl. là on parle d’un livre. et tu sais quoi
je pense qu’ils savent pas trop comment gérer ton image.
c’est aussi ça mec. t’arrives avec beaucoup de conditions.

le rendez-vous à paris : deux heures où chaque fois qu'ils proposent un truc, tu réponds en commençant par « ouais mais ».

c'est ok. un artiste a toujours ses conditions. à l'inverse faudrait s'inquiéter.

maintenant, mets-toi à leur place.

ils sont pas chauds ? c'est pas grave. hors de question de changer pour eux. on va pas refaire les mêmes erreurs.

— je sais.

— maintenant on avance. pas de craintes ni de culpabilité à avoir. ces gens-là sont venus nous parler. et ils sont encore là.

— ouais.

30 août
12 h 05

Mon roman est premier sur le site des grands écrivains de france et de navarre

les vieux ont pété leur câble

à la vôtre quand même

5 septembre
00 h 00

Pas encore assez fait de zigzags

dernier tour d'hélice

et puis rien
juste rien

Chapitre 4

Villa Tissières
Rue du Simplon 4
1920 Martigny
VS - Suisse

Id. Éditeur : 979-10-980644